丁小飛偉人日記 2

誰是最佳小隊長？

文 郭瀞婷

丁小飛

四年級，認定自己未來會是很了不起的偉人，所以開始認真的塗寫日記，將來好拿來拍電影、受訪問。他成績很差、懶惰、不愛念書又常常抄同學的作業，可是有異於常人的想像力和自信心。

50年後的丁小飛

小飛的哥哥，比小飛還要懶惰。喜歡惡作劇。他養了一隻變色龍叫做「小便」，是他最好的朋友，大概也是他唯一的朋友。

小飛的妹妹，還不大會講話的小朋友。很愛哭。小飛認為小妹的大便臭到可以拿去當炸彈，一定可以把敵人都嚇跑。

丁爸爸是大學教授，喜歡唱歌和跳舞。丁媽媽是職業婦女，在環保基金會上班，對保護地球有強烈的使命感。兩個人非常支持小飛的偉人夢想，也常常會用有創意的方式教導小孩。

和小飛奶奶住在鄉下。年輕的時候是爵士樂團裡的鼓手。雖然在樂團裡的角色並不重要，卻因為熱愛音樂而非常滿足。

小飛班上的班長，坐在小飛的旁邊。功課非常好，很有愛心和理念，也很喜歡看書。小飛希望自己可以成為她心目中的偉人。

小飛的同班同學，個性老實，博學多才。常常勸小飛不要抄功課。上課喜歡舉手回答老師的問題。

和小飛參加同一個夏令營而成為隊友。家裡有錢，善良而且勇敢。是天生的領導者，善於計畫和用人，也很會鼓勵隊友。

原名為嚴敬祥，是小飛的夏令營隊友。非常深思熟慮，能言善道，還很會觀察人。夏令營比賽中所有需要與別隊溝通的事都是由他來進行。

小飛的夏令營隊友，臉上有許多一粒一粒的斑點。喜歡運動，體力充沛，無法安靜下來，所以隨時都需要跳來跳去。

小飛的夏令營隊友。說話聲好像跟螞蟻一樣非常小聲，別人都聽不到。可是哭聲可以跟小飛的小妹相比。記憶力超強，對整個團隊有非常大的貢獻。

7月5日

五十年後的丁小飛：

不是我在說，為了完成這幾本偉大的日記，我真的很辛苦的犧牲了許多寶貴時間。是什麼寶貴的時間呢？你看到這一段一定不敢相信——原本可以一個禮拜之內把媽最近幫我買的電動玩具完全破關，結果我竟然在寫這本**日記**。我也不知道為什麼學校突然間要我們在畢業前，準備一樣東西放到**時光膠囊**裡，五十年後再打開給大家看。好吧！既然我決定要把日記放在時光膠囊裡，讓五十年後成為偉人的你可以拿來上電視受訪問，我只好犧牲打電動的時間。看到這裡，你應該已經感動得流淚了。

不過既然五十年後的你已經是一個偉人，我要提醒你，請你現在趕緊跟世界宣布一件重大的事情！

這是一件很重要的事，因為現在的我，必須要每天早上七點就起床。爸媽說為了不讓我們在暑假養成不好的生

活作息，我們還是要跟上學時一樣早起。但這麼早起床要做什麼呢？爸說我和哥哥阿達可以從兩件事情中選一件，做為我們的「**暑假例行責任**」。

第一個選擇是照顧小妹。

另一個選擇是幫媽媽澆所有的花。

這簡直比考試的選擇題還難選。小妹雖然很麻煩，但只要早上餵她吃東西就好了，因為她通常會睡午覺，也會自己看電視，所以只有早上麻煩一點。但可怕的就是要幫她換那奇臭無比的炸彈尿布！至於澆花，雖然花都很香，但是媽媽要我們澆花的方式非常複雜。她甚至把每一盆花要澆多少杯水，要怎麼擦樹葉的方式都寫下來，而且寫得很長很長。有多長呢？就像廁所的捲筒式衛生紙被我一直抽、一直抽都抽不完那麼長。

所以我真的很難做決定。這就好像如果有人問我，要選擇當全世界的領導人還是要當最有錢的人？很難吧！這真的很難選，不過我最後宣布了我的選擇，就是**澆花**。我後來想一想，其實可以把這個澆花的例行責任當作我的暑假作業。我可以把小草在我照顧之下，一天一天長大的照片都貼在作業簿上，就解決了，很簡單吧！五十年後的丁小飛，如果你覺得我的暑假作業有些太簡單，那讓我來提醒你阿達去年的暑假作業。看完後你就會覺得，你五十年前寫的暑假作業簡直是太棒了。

暑假作業

姓名：丁小達

題目：我到底是不是外星人呢？

外星人不喝水

我喝水

外星人→
頭很大

我的頭
不大

剛剛好！

外星人坐飛碟

我搭捷運

外星人不穿衣服

我穿衣服

結論：我不是外星人。

結果他的作業得了一個大丙。我想，要是他這個暑假作業不小心被外星人看到，外星人一定也會給他一個大丙，搞不好還會引來外星人侵略地球。

但是，好險有我在。好在有我這一本偉大的日記，如果外星人看到我這本日記應該也會很佩服人類。這樣地球也得以存活下來。

所以，這本日記不但是**偉人的紀錄**，還可以**拯救全世界**！為了這個神聖的任務，我決定一定要好好的繼續記錄我的偉大事蹟才行。

從明天開始，我就要幫媽澆花了。這真是一件很辛苦的事。為了明天的辛苦，我打算好好的利用今天的時間來補充體力，所以我決定用一整天的時間來看漫畫書。但媽說如果我要看漫畫書，我一定要先看完她幫我新買的那一本禮儀漫畫書，叫做「請，謝謝，對不起」。

漫畫書裡有很多例子，舉出何時應該要說這三句話。媽說從現在開始，我和阿達都要遵照裡面的方式來講話，訓練我們說話的禮儀。例如，在講每一句話之前，一定要加一個「對不起，請」，最後要加個「謝謝」。

媽說如果我們用這個方式互相講話，另一個人就一定要答應對方的請求。

但後來句子有點變化……

最後，這個「請，謝謝，對不起」的規定就默默消失了。

7月8日

五十年後的丁小飛：

早上我還沒有睜開眼，我就已經知道阿達正在幫小妹換尿布。我怎麼知道的呢？拜託，小妹的炸彈尿布是可以讓所有有生命的生物都突然驚醒過來的，就連公雞和鬧鐘都無法這麼有效的讓人馬上醒來。

還沒吃完爸幫我們做的早餐，媽就已經出門上班了。這個暑假爸下午才需要去大學教課，早上他都會在家陪我們。我斜眼看到阿達餵食小妹的方式，真的很懷疑以後小妹會不會做惡夢？

餵完之後阿達就把小妹放到電視機前，開始播放小妹最愛看的英文字母卡通片。阿達呢？他已經一手拿著他的變色龍小便，腳翹在沙發上，眼睛閉起來說他正在思考暑假作業的題目。爸問他為什麼眼睛要閉起來，是不是根本就在睡覺？他說睡覺的時候比較容易思考。

我吃完爸煮的番茄炒蛋，準備要開始澆花。我把媽的照相機拿出來，一盆一盆的照；我的計畫是幫每一盆花照相，然後讓全班同學稱讚我照顧的花，在一個暑假就可以長得這麼快！

我甚至想到了一個很棒的方法，可以讓花草長得特別快。媽常說，如果我們多吃一點營養的東西，我們就會長得很快。聰明的我於是把我每天吃的早餐，留一些下來，然後跟水一起加在花盆裡。這樣一來花草們一定會長得特別快，搞不好不需要一個暑假，只要幾個禮拜我就可以做完暑假作業。我相信全班同學看到我的傑作，一定又更加崇拜我的聰明才智。

我特別挑了一盆媽最愛的盆栽，開始餵它我精心留下的**番茄炒蛋**。要是媽看到這盆花被我照顧得這麼好，搞不好還會答應買我一直想要的電玩「忍者刺蝟」給我也說不定，真是一舉兩得！

每天下午爸去大學教課的時候，都會有一個保母來家裡陪我們。說到保母，我原本很希望今年來的保母是去年的「好阿姨」。你記得為什麼我們叫她好阿姨嗎？因為我們問她什麼，她都說「好」。

後來有一次下午媽提早回家，看到我在打電動，阿達在沙發上睡覺，小便的大便滿地都是，小妹滿嘴都是巧克力……第二天以後，我們就再也沒見過好阿姨了。

這一次媽請來的保母，我們都叫她「**筷子阿姨**」。她戴的眼鏡好厚好厚，就像戴著兩根棒棒糖一樣那麼厚，完全看不到她的眼睛。她非常的酷，話也不多，每一次我們問她問題，她都只有回答一個字：

為什麼叫她筷子阿姨呢？因為她有一項非常厲害的祕密武功！她可以用筷子夾起任何一樣東西。有時候她根本不用掃把掃地，只要用筷子，就可以夾起地上的所有東西。

甚至天上和牆上的東西都可以……

我真是太佩服她了！我們有時候會故意把東西掉到地上，讓筷子阿姨用筷子撿起來。後來我還瞄到她在幫小妹換尿布的時候，也有一雙筷子在空中晃來晃去的。

想必也是用筷子在換尿布吧？

到了晚上吃飯的時候，她卻講出一句讓我和阿達吃不下飯的話……

筷子阿姨真是太可怕了！

7月15日

五十年後的丁小飛：

完蛋了。

試了好幾天，我發現我精心照顧的盆栽不但沒有長得特別快，反而還有**枯掉**的狀況出現。怎麼辦呢？奇怪，我已經給它這麼多有營養的食物，它卻愈來愈退步，真是太對不起我了！我現在終於可以感受七龍珠老師常常對我們說的那句話：

盆栽不但已經枯掉，還發出一陣一陣的臭味。那個味道比小妹的尿布還可怕！搞不好下次可以讓她的尿布和這盆花一起比賽，看誰比較臭？

身為未來偉人的我，立刻想出一個很棒的方法來拯救這盆花。我常常聽到媽說，如果她很累又快撐不下去的時候，她都會喝一杯咖啡，精神馬上就恢復了。我想植物也一樣，所以從今天開始，我要把水換成**咖啡**，這樣這盆花一定馬上醒來，我就可以完成我的作業。

下午筷子阿姨來了以後，小妹開始睡午覺，阿達則又在夢裡思考他的暑假作業。但筷子阿姨卻突然走來走去，好像在找什麼東西。她後來跟我說，她的那一雙筷子不見了！我一轉身，才發現自從她的筷子不見後，家裡變得一團亂，地上都是垃圾和紙屑，連小妹的尿布好像也發出了臭臭的炸彈味。筷子阿姨的筷子不見後，她就好像失去了她的武器，完全無法做事。這就好像爸上次找不到他的眼鏡一樣，或是媽找不到她的電話，阿達又找不到他的變色龍小便，小妹掉了她的兔子玩具布偶，又像是我找不到我這本偉大的日記一樣，世界會大亂的！

我非常了解筷子阿姨的感受。身為未來偉人，又是未來拯救地球的英雄，我趕緊隨手把我桌上的兩枝原子筆拿給筷子阿姨。你一定覺得很奇怪，為什麼我不拿筷子給她呢？因為我一想到上次她把幫小妹換尿布的筷子拿到餐桌上，我就頭皮發麻。我想，還是給她原子筆就好了，而且搞不好還可以把這個拿來當成很好的理由，讓我不用寫我的暑假作業。如果老師問我為什麼作業裡只有照片卻沒有文字？我就可以說：

筷子阿姨拿起原子筆後，世界又恢復正常。地上也沒紙屑，小妹的尿布也沒炸彈味，就連晚餐都煮好了。等到爸媽回來時，他們卻一臉驚訝……

原來，地上和牆上還有沙發上都是原子筆的筆跡。

就連小妹的臉上和尿布上都是原子筆的筆跡。

壞事通常都會接著發生，並且還會殃及無辜的人。

媽說她一直聞到一個發臭的味道，她往陽臺一看，發現她最心愛的盆栽已經枯掉了，還發出陣陣惡臭味。我看到她臉上的表情，我就知道我的「忍者刺蝟」已經離我遠去。

真是的，咖啡一點用處都沒有。但這不能怪我，只能怪做咖啡的人，為什麼不在包裝上說明一下？好歹也標明一下說咖啡不能用在植物上吧！

7月19日

五十年後的丁小飛：

自從我闖了大禍讓筷子阿姨用原子筆畫了滿屋子後，我的日子就開始難過了。爸媽宣布，要幫我和阿達分別報名暑期課程，不然就是去參加夏令營之類的活動。五十年後的丁小飛，我在這裡要特別強調，闖禍的人不是只有我，阿達也闖了大禍。他做了什麼事呢？他負責照顧小妹的這幾天，做了一件驚天動地的事。

小妹有一個她最愛的玩具布偶，是一隻**小白兔**，小妹說他的英文名叫做**bee-poo**，中文是「畢普」。

畢普已經很髒很舊了，但小妹到哪裡都一定要帶著他，連睡覺也要抱著他睡。我是連碰都不敢碰畢普，因為上面都是小妹的口水。有時候我從很遠就可以聞到畢普的味道。

但阿達卻趁小妹睡覺的時候，把畢普拿起來墊在小便的身體下面，讓小便在上面睡覺。小妹一起床就開始找她的畢普，當她發現小便在畢普上面灑尿，她就開始大哭。

小妹哭的音量就跟早上校長在講臺上用麥克風跟全校說話的音量是一樣的。這就讓我想到，有一次我們一起到百貨公司，突然小妹不見了，媽急著到服務臺前請人幫忙找。服務臺的人都還沒廣播，我們就已經聽到小妹的哭聲了。

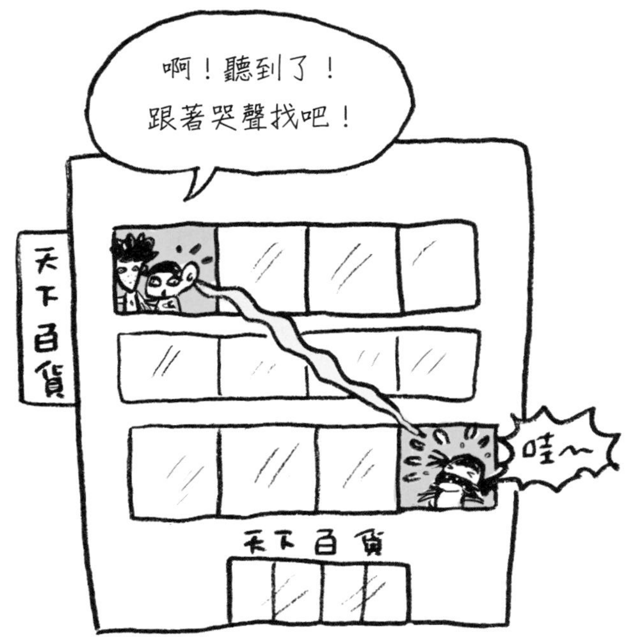

我們一整個下午都得忍受小妹魔音穿腦的哭聲，阿達則趕緊把畢普拿去洗衣機洗，洗完之後他又用吹風機吹乾。筷子阿姨說過如果用洗衣機，畢普一定會變形。很不幸的，畢普果然變形了。原本他是一隻兔子，但洗過之後，卻變成了一隻熊。他的耳朵變得好短，連身體裡的棉花都掉了一堆出來，變得好瘦。

小妹一看到畢普變成另外一個樣子，哭得更大聲。阿達只好騙她說畢普不想再當小白兔了。畢普現在想要當一隻熊，就好像一個警衛有一天突然不想當警衛了，於是他就把他的制服脫掉，然後換成農夫的衣服去鄉下種田。

這種解釋連我都不能接受，更何況是小妹！所以五十年後的丁小飛，請你務必要提醒小妹，如果她現在還是很愛哭，請建議她在白天哭就好了。不然的話就會像現在一樣，我還得躲到衣櫃裡蓋著三條棉被才能睡覺！

7月22日

五十年後的丁小飛：

今天是星期日。爸媽中午跟我們宣布，接下來的一個禮拜，我們全家都要到爺爺奶奶家去住。爺爺奶奶家在一個非常鄉下的地方，去年我們去住的時候，早上起來叫我們的不是鬧鐘，也不是爸媽，更不是小妹的哭聲或炸彈尿布，而是一頭**牛**！

其實爺爺奶奶並不是一直都住在鄉下的，爸說爺爺還曾經是一個很有名的**爵士樂團鼓手**！我一直以為打鼓的人，都是那種在很酷的搖滾樂團裡，像明星一樣的妝扮……

結果我看到爺爺的照片，卻讓我有點小失望。我只看到爺爺的半個頭，因為都被其他人擋住了。

至於奶奶，爸說她以前曾經得過珠算比賽冠軍。這一點我相信，因為我每一次跟奶奶到雜貨店買東西結帳的時候，她的手指都會在底下動來動去，跟著收銀員一起算。

有好幾次她還糾正收銀員算錯了。

因此後面排隊的人會等很久，讓我覺得有點丟臉。但我發現每一次奶奶糾正完以後，她都會很開心的買一個巧克力給我吃，所以後來我都會搶著跟奶奶一起去雜貨店，很希望奶奶趕緊糾正收銀員，這樣我又有零食吃了。

除了明天要到爺爺家，媽說從現在開始要我和阿達好好想一下，接下來想要參加哪一類的暑期課程或夏令營？說真的，我到現在還一直在等**哈利波特的魔法學院**寄邀請函給我。但是我等了好幾年都沒收到！如果真的可以去上魔法學院，那就太酷了。這樣一來我不但是一個**偉人**，還可以成為世界上最厲害的**魔法師**。

最重要的是，還可以把一些常找我麻煩的人，變成永遠都不會再找我麻煩！

所以這幾天我一直禱告，希望魔法學院的邀請函趕緊寄過來。如果它一直不寄來，那我得趕緊想另一個活動才行。去年暑假媽也曾經問我這個問題，我說我想要去國外當交換學生，跟不同國家的人交流；畢竟如果未來我是世界的偉人，學好不同的語言是很重要的。媽也覺得這個提議很好。原本我以為我真的要出國留學，結果媽竟然送我到隔壁的英文補習班學英文，弄得我每天都好多功課……真是太痛苦了。

前年，我和阿達則是一起參加了一個暑期游泳營。剛開始還挺好玩的，因為只是在水裡練習憋氣，而且還可以在水裡把腳抱起來，浮在水面上。

當教練說要開始練習換氣時，我卻聽到有人說：

從此以後我就不敢在水裡換氣，因為換氣的時候，很容易不小心喝到水。老師說如果我不練習換氣，我就無法進階到下一個班。於是我只好把我聽到的說給他聽。老師說，其實游泳池裡都有放一點消毒水，所以不要怕。然後他又警告大家不准在水裡尿尿。但過了幾天，我又聽到有人說：

後來我決定，每一次都一口氣游完，我就不用再換氣了。但不換氣就會游得很喘，那是一個很辛苦的經驗。

所以，今年我是不會再參加游泳營了。

五十年後的丁小飛，不知道你現在的暑假都在做什麼呢？身為世界偉人的你，應該可以每天玩電動和睡到自然醒吧？真是羨慕啊！

7月25日

五十年後的丁小飛：

到了爺爺奶奶家的第二天，我就想到為什麼我會覺得有點無聊了。爺爺奶奶每天晚上八點就睡覺，爸也規定我們要一起關燈睡覺。我跟爺爺是睡同一間，所以我的眼睛只好一直盯著天花板，研究一堆螞蟻爬來爬去忙著搬食物；我甚至研究到哪一隻螞蟻特別懶惰，因為牠一直在同一個地方走來走去，根本就是在混。

在爺爺奶奶家有另一件事讓我很不自在，但我從來沒有跟大家講過。要是被阿達知道了，他一定會跟全校的同學一起笑我。爺爺家廁所的浴缸外面掛著一個浴簾，浴簾上面的圖案，是好多好多隻卡通魚。但是其中有一隻魚長得很可怕。去年我來的時候，曾經做了一個惡夢夢到這隻魚把我吃掉了，我還嚇得跳起來！

之後每當我要洗澡，我都故意跟爸說我想要跟他一起洗，要不然就是閉著眼睛，很快的洗完。結果有好幾次我的頭上還有洗髮精的泡沫，媽就叫我重洗一遍。

除了這些事情以外，到爺爺奶奶家還是有很多好處，像每天早上爺爺奶奶都會準備好多好豐盛的食物讓我們選擇。

爺爺很喜歡拿他以前在爵士樂團的照片和唱片出來讓我們欣賞。他說他自從愛上打鼓以後，他的人生就有了目標，想要成為**世界上最好的爵士鼓手**。我每一次都覺得很奇怪，既然是要成為全世界最厲害的鼓手，那也應該是**主角**才對。但在所有的照片和唱片中，我卻只注意到唱歌的人，從來沒有注意到爺爺打鼓的聲音。

我又翻了一下其他的照片，**不是我在說**，爺爺真可憐。每一張團體照，我都只看到爺爺的半顆頭，如果是這樣，當世界最厲害的鼓手有什麼用呢？真是太划不來了！我和阿達就不同了，我們每一次照相一定要搶在鏡頭前，人家才會知道我們有多重要。我相信五十年後的你，應該已經是所有報章雜誌的封面主角，這樣才能算是一個舉足輕重的偉人！

後來爺爺跟我說，有時候雖然你不是一般人眼中的主角，但並不表示你做的事情就不重要。就像一個樂團裡，如果沒有鼓手，整首歌聽起來就完全不對。他接著說，在一個團體裡如果少了你的付出，事情就無法達成的話，就表示你是一個很重要的人，也就是一名偉人了。

五十年後的丁小飛，既然你現在這麼有名，別忘了如果有慶祝場合的時候也讓爺爺好好表演一下，因為他實在是太可憐了，老是做**配角**。

7月27日

五十年後的丁小飛：

昨天過了一個好驚險的夜晚！

昨天下午天氣非常好，爸幫每一個人都租了一臺腳踏車，準備一起到草莓園去採草莓。也不知道為什麼，爸幫大家租的腳踏車都很正常，只有我的特別奇怪。我的是那種前面有個籃子，感覺上好像女生才會騎的買菜腳踏車。我實在很不願意騎它，但另一個選擇就是得坐在爺爺的後面，所以算了，只希望不要有認識的人看到我就好了。

大家一起從爺爺家出發以後，我和媽媽、奶奶的車就明顯的慢了很多。第一是因為我的腳踏車輪比較大，騎起來比較慢，再來是媽常常喜歡停下來幫小妹照相，奶奶也會一起下車採些花來放在我的籃子裡。到了後來，爺爺、爸爸和阿達的路線就變成這樣，邊騎邊等我們追上來：

我是不介意慢慢騎著等媽和奶奶照完相和採花，但奶奶每次都會把花放到我的籃子裡，媽還會隨手照張相，這就有點不妙了。最好這些照片以後都不要被登在雜誌上，不然真是太丟臉了！

我們騎到一半，卻發生了一件大事。天空突然有一大片烏雲遮住了半邊天，頭頂開始變得烏漆抹黑，緊接著就嘩啦嘩啦的下起好大的雨！

媽趕緊騎上腳踏車，揮著手指著前面的小山洞，要我們跟著她一起到裡面躲雨。我和奶奶一起加快腳步騎到山

洞，全身都已經溼答答的了。奶奶叫我們大家都要靠在一起才比較不會冷，而媽也趕緊拿出手機打給爸，但很不巧的，手機竟然沒有電了。媽看了一下我們，微笑著說沒關係，這種雨應該馬上就會停了。

但是過了好久，雨不但沒有停，而且還愈下愈大。

我在山洞裡晃了一下，看到到處都是爬來爬去的小蟲。小妹看到小蟲已經開始大哭，我也一直問媽到底什麼時候可以離開？媽說爸一定會回頭找我們，所以我們一定要有耐心，「**不要老是在等待的時候一直問什麼時候可以不用再等待。應該是要開始訓練自己，在等待的過程中準備些什麼才對！**」

我已經聽過媽講這句話好幾千遍了，接下來不出所料，媽又用「**諾亞方舟**」的故事來跟我們說明**等待**的意義。

五十年後的丁小飛，現在你這麼有錢又有名，應該做任何事都不需要排隊吧！但是五十年前的我是常常需要排隊的。像每一次買最新的電玩，都要排隊等上一個多小時。不是只有買東西，就連去遊樂園，我們都要排隊等上好幾個小時。當我們顯出不耐煩的表情時，媽一定會舉「諾亞方舟」的故事當例子跟我們說：

媽常用這個故事告訴我們，等待的時候應該是要準備到達目的地後要做的事情，而不是一直抱怨和發呆。

如果你不記得「諾亞方舟」的故事，就讓我來告訴你吧！在聖經裡，神叫一個名叫諾亞的人，造了一艘很大很大的船，並叫諾亞把好幾百隻動物都送到船裡面，然後帶著家人開走。船開了以後，外面開始發生很大的暴風雨和洪災，把所有的人和房子都吹走，只剩下諾亞的家人和那些動物。

他們一直待在船裡整整一年多，直到諾亞聽到神告訴他可以下船，他才帶著動物一起走出來。在這一年多的日子裡，諾亞並沒有一天到晚抱怨跟這些吵鬧的動物關在同一艘船上，而是學習**忍耐**。除了忍耐，他還得學會管理這些動物。這是一種訓練，因為踏上陸地後，諾亞就要開始管理這塊新的土地。

每一次聽完這個故事，我就覺得恐龍當年一定是忘了要上船逃難才會絕種。

我真的很希望認識諾亞這麼一個好朋友，因為他可以幫我很多事情。譬如排隊買票啦，在遊樂園排隊玩遊戲啦等等，他都可以幫上很多忙。

但我還不認識諾亞，所以我們現在只能在山洞裡發抖和發呆。後來媽說要我準備爸來接我們以後要做的事，我就開始幫奶奶一起換小妹的炸彈尿布，然後聰明的我把媽帶來野餐用的大餐巾放在山洞外的樹枝上，這樣一來，爸經過就會知道我們在這裡了。

過了大約一個多小時，我們聽到山洞外面有喇叭聲。我趕緊跑到外面，果然是爸開著車來找我們了！我們趕緊上車，一路上看到外面下著劈里啪啦的雨，大家都安靜了下來，有點沮喪。原本想採完草莓後還可以一起野餐，現在只有大家肚子餓得呱啦呱啦叫的聲音。我想媽大概看到我們的表情，所以回到爺爺奶奶家後，我們還是在客廳地板舉行了室內野餐。

7月28日

五十年後的丁小飛：

這幾天在爺爺奶奶家，爸媽叫我和阿達要認真的決定參加哪一種夏令營。這實在是很不公平，為什麼小妹就不用參加任何暑期活動呢？我也很嚮往小妹的生活，每天只要**睡覺**和**吃東西**，平時也不需要去上課；只要一哭，大家都會幫她把東西都弄好，真是羨慕。如果世界上有這種暑期夏令營，我一定要每年都參加。所以偉大的丁小飛，你現在也趕緊辦一個這樣的夏令營吧！我保證你一定會賺大錢。

很不幸的，五十年前並沒有偉人辦這樣的夏令營，但我很慶幸，最起碼媽沒有要把我送到我們副班長去年參加的那種魔鬼訓練營。

晚上吃完晚餐後，爸媽就把我和阿達找來，把一些夏令營的申請表拿給我們看。我一看桌上的報名表，差點沒從椅子上摔下來。

後來，我看到一個讓我比較好奇的報名表。

阿達突然湊過來，瞄了一下，馬上說他知道這個夏令營。去年他們班上的同學也有人參加過同一個夏令營，而且據說他從一個功課又差又不

愛講話的人，經過一個暑假後竟成為非常厲害又有人緣的**模範生**。阿達說一定是因為他參加了這個「**世界未來領袖夏令營**」。

我聽了很興奮，馬上問阿達有沒有聽說這個夏令營要寫很多功課，或是需要很辛苦的早起摺棉被、做體操，或者有很花體力的訓練？阿達說，完全沒有。聽說只有一直**玩遊戲**和**做團體活動**而已。

這聽起來簡直就是為我設計的夏令營啊！不但只要玩遊戲，而且參加完後還可以變成一個有人緣的模範生！但說真的，我已經被阿達騙過好幾次類似的事件。幾年前我們一起到遊樂園排隊玩360度的海盜船，我本來不敢坐上去，阿達就騙我說，如果坐完這個海盜船，遊樂園就會發給我一個勇敢勳章外加一頂海盜的帽子。我聽了就閉著眼睛坐上去，結果下來時，我一直吐個不停。後來我不但沒有收到勳章和海盜帽，遊樂園的人還把我在海盜船上驚嚇的樣子照下來送給我。現在那張照片還掛在家裡廚房的冰箱上……真是太慘了。

為了不再發生類似的慘事，我決定打電話去問一個人，那個人就是**何李羅**。何李羅是我們班上的**萬事通**，什麼奇奇怪怪的事都知道，所以問他一定沒有錯。我走到電話前，差點忘了爺爺家的電話是上一個世紀的古董電話。怎麼說呢？就是要用手指一個號碼、一個號碼轉的那一種電話。

上一次爸買了一臺電子電話送給爺爺，但爺爺說他已經很習慣用這種電話了，而且他已經記起來哪個號碼在哪一個洞；電子電話對他來說，反而很麻煩，因為他看不到哪一個號碼在哪裡。但爸說如果他可以記起來號碼在哪裡，他還可以帶著無線電話到花園裡種花。不過爺爺說他現在也可以，爸就放棄了。

電話撥通後，我趕緊問何李羅有關夏令營的事。想不到何李羅的回答竟然跟阿達說的差不多！更棒的是，他也打算參加這個夏令營呢！他說這個夏令營的內容是經由玩遊戲的方式，讓大家體會團體活動和做為領袖所應該具備的條件。其他的，他也不是很清楚。我聽到有很多遊戲可以玩，心已經開心得要飛出去了。

現在想想哈利波特的魔法學院也沒什麼，而且每天背咒語也挺辛苦的。這個「世界未來領袖夏令營」卻可以每天都玩遊戲，還可以變成未來的領導人，原來當未來的偉人和領袖可以這麼輕鬆，真是太棒了！

8月4日

五十年後的丁小飛：

我昨天晚上一直睡不著，因為擔心有東西忘了放到行李袋裡，所以半夜起來了好幾次。

到了早上六點好不容易睡著，卻又被爸叫起來。我的眼睛根本就睜不開，我只好迷迷糊糊的換上衣服，拿起行李跳上爸的車，「咻」的一聲就出發了。

到了目的地，我才勉強可以把眼睛完全睜開。我提著行李，跟著爸走到報到的桌子前排隊，發現已經有好多家長帶著小朋友來到這裡。報到完以後，有一個小組長哥哥來到我面前，準備帶我去這一個禮拜要住的地方。我跟爸揮揮手道別後，我就踏上了「**偉人領袖之旅**」。我邊走邊想，既然這是未來領袖的夏令營，那住的地方應該很豪華吧！應該每一個人都有一位管家幫忙打掃和摺棉被，還有下午茶可以邊喝邊討論世上偉人都在討論的要事。

走到一棟小木屋前，卻發現跟我想像的完全不一樣，因為看起來一點都不豪華，而且還長得很像童話故事裡小紅帽會住的地方。

我走進木屋裡，看到裡面大約有六張上下鋪的床，而且大家都已經在整理衣服。我的耳邊立刻有人很大聲的說：

原來是班上的何李羅。我還挺高興他跟我同一隊的，畢竟他是我在班上的「**功課作業顧問**」，如果有比較困難的事情，他還可以幫我解決。有這樣的一個助理是未來偉人必要的幫手。接著小組長請大家一起到前面，要我們大家一一自我介紹。第一位搶著舉手自我介紹的是何李羅，

而第二位男生跟何李羅一樣也戴著很厚的眼鏡，好像叫做嚴敬祥，不過我後來都叫他眼鏡俠。

他雖然跟何李羅一樣也愛發言，但不一樣的是，他每次發言都不是搶第一個。他一定會等到有人先發言，他才會再加上幾句。

再來是睡在我上鋪的男生，叫做方粒粒。他臉上長了好多一粒一粒的雀斑，而且講話的時候，永遠像停不住似的跳來跳去，看得我好累。

下一位出來自我介紹的時候，我幾乎都聽不到他在說什麼。他又小又矮，臉老是往下看。

我真的完全聽不到他的聲音。後來小組長提醒他說，現在不是在跟螞蟻自我介紹，而是跟我們說話，他才又吸了一口很長的氣說：

毛小瓜講完之後，有一個人從地板上慢慢的站起來，跳到椅子上，用很優雅的聲音跟大家說：

大家都睜大眼睛看著他，連坐在我旁邊的何李羅都小聲的跟我說他好像好厲害的樣子！為了不甘示弱，我也趕緊用我最敏捷的動作跳到椅子上，但我才一上去，全部的人突然都開始大笑。我低頭一看，原來我的褲子**穿反了**！

一定是因為我早上起來太匆忙，連鏡子都沒照就跳到爸的車上。我抓抓頭，趕緊開始介紹自己：

之後小組長開始講解接下來幾天的行程，以及我們需要準備的事項。因為我們六個人是同一隊，所以小組長要我們每天輪流當隊長。原本我已經看到錢勇良要舉手先當隊長，小組長卻突然拿出一堆吸管。他說大家每天都要輪流抽吸管，誰抽到最短的那一根，誰就要當第二天的隊長。小組長還要我們千萬不可以丟掉吸管，因為還有別的事情會需要用到這些吸管。我們每個人從小組長手中抽了一根，結果你猜誰拿到最短的吸管？

是的，就是五十年前的你。

看來，邁向未來偉人的第一步就要在明天開始進行了！五十年前的小學實在很奇怪，班上的班長功課一定要很好，所以像我們這種功課不好卻超有潛力的偉人，是沒有機會發光的。現在竟然只要**一根吸管**就可以當上隊長，這真是明智的選擇方法！

8月5日

五十年後的丁小飛：

早上我又起不來了！這真的不能怪我，睡在上鋪的方粒粒昨晚一直翻來翻去，所以晚上一直發出奇怪的聲音。

今天我是小隊長，我的責任是要把所有的隊員都集合到小木屋外面的桌子旁一起吃早餐。我們一到外面，就看到早餐都已經在桌上，而且周圍的小木屋也陸續有人走到桌前吃早餐。吃完後，小組長發給每個人一顆蛋和一些彩色筆。小組長說，從現在開始，我們要把這顆蛋當作是我們的小孩，並且要隨身帶著這一顆生雞蛋。如果破了，我們到了結業的那一天就會被扣分。何李羅馬上舉手問，如果我們需要跑步或是在戶外玩遊戲，那怎麼辦？小組長微笑的說，這是一個很好的問題。我們可以請小組長或隊友幫我們看管，可是如果蛋破了，其他人是不會幫你負責的。他拿出了一堆彩色筆要我們在蛋殼上畫畫，也就是像在幫我們的小孩打扮一樣。我把我的蛋畫成這樣：

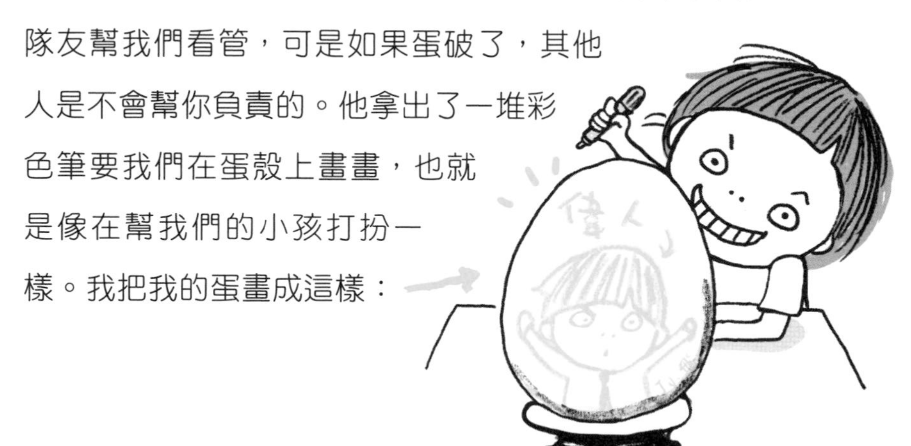

我一看到其他人的蛋，就知道我的蛋應該會得到最高分。我也不知道為什麼毛小瓜要把他整顆蛋畫成紅色的，所以他一放下他的蛋，滿手都是紅色的。

大家都畫好蛋以後，我們就出發跟其他的小朋友一起到大草原上集合。臺上的老師長得好像一隻金魚，因為他的嘴巴好像魚在水裡呼吸的樣子。

金魚老師說，我們現在要來做小組比賽，比賽的主題就叫做「信任」。身為未來的領袖，有一件事很重要，就是要學會信任身邊的人，因為一個人是絕對不可能做完所有的事情的。遊戲規則是兩人一組從A點走到B點，看哪一組可以在時間內走完全部的路程。但這兩個人之中，有一個人的眼睛必須被蒙起來，由另外一個人來指揮前進的路；而且兩個人不能碰到對方，只能用說的方式來進行。

哨子一吹，方粒粒和眼鏡俠就先上場。方粒粒戴上眼罩，眼鏡俠就開始指揮。**不是我在說**，眼鏡俠雖然很認真在指導前面的路，但方粒粒自己一直往前衝，一路上不停的撞上障礙，跌倒好幾次。

後來方粒粒忍不住，只好趴在地上用手摸，想要自己爬到終點。突然他大叫「我到終點了！」結果他把眼罩拿下來，發現碰到的是一棵大樹。而且更慘的是，時間到了他們還沒有到達目的地。

下一組是錢良勇和毛小瓜。為了趕上其他隊，原本錢良勇要蒙上眼睛，但他突然看著毛小瓜，想到他的聲音非常小，所以臨時決定換成毛小瓜蒙上眼睛。接著奇蹟就發生了。毛小瓜一上陣，他幾乎不需要錢良勇的指導，他很快的躲掉路上所有的障礙，也很順利的低頭來避免碰到頭上的樹枝。大家原本以為他在偷看，可是明明小組長就幫他把眼罩綁得好好的，應該不會有機會偷看的到啊！

毛小瓜拿下眼罩後，我們都很好奇的問他，他非常小聲的說：「沒有啊！我的記性就很好啊！剛剛看他們走過一遍就記起來了。」

原來說話像螞蟻一樣小聲的人，記憶力會這麼好。這時我就很真心的希望，他可以轉學到我們學校跟我同班，我們一定會是很好的朋友。

接下來是我和何李羅。何李羅說他不想拿掉他的眼鏡，所以就由我戴上眼罩。哨子一吹，何李羅在我耳邊說：「要先往左，然後前面要踏上小木板。」我一踏上木板就摔了下來。何李羅就跟我解釋，木板中間底下有一顆大石頭，所以要很慢很慢的走過去。過了木板以後，何李羅又說前面會有一個很大的洞，要我彎下腰爬過去。何李羅講得愈仔細，我就走得愈快。雖然還是會跌倒摔跤，但我們慢慢知道要用更仔細的話來形容前面的路，我才能順利的走完。剛開始我真的無法放手完全聽他的話，會很想自己用手摸，但我發現愈用手摸，愈會跌倒，我只好一直聽他的話。

　　我到了終點，拿下眼罩，發現我和何李羅竟然反敗為勝，成為第一名呢！我們高興的舉手歡呼，小組長叫大家回到小木屋，要來討論和分享這個過程。我們發現其實帶領的人形容得愈仔細，另外一個人就很容易相信他的話。所以小組長說，如果要得到別人完全的信任，我們必須要對事情有深入的了解和明白的表達細節，別人才能更放心的相信我們。而如果我們不了解狀況，也要信任別人的帶領，不要一半相信，一半又想自己插手。五十年後的丁小飛，你可千萬不要忘了在統治世界的時候要完全的信任人啊！

當我們大家站起來要準備吃晚飯的時候，發現毛小瓜的褲子口袋外面有很奇怪的痕跡……啊，原來他剛剛忘了把雞蛋拿給小組長看管，他的雞蛋破了！他開始大哭。我發現平常講話超級小聲的毛小瓜，哭起來好像可以跟小妹比賽了。

晚上我們終於知道為什麼小組長要我們留著吸管。到了睡覺的時間，小組長宣布，如果大家覺得今天的小組長表現得好，可以把手上的吸管送給小隊長。到了最後一天誰拿到的吸管最多，就是最佳小隊長。

接著他又說，我們也可以把吸管留給自己。大家一聽到可以留著，動作好像都停了下來，這時何李羅卻還是把他的吸管拿給我，讓我感動了一下。五十年後的丁小飛，你可千萬要想辦法幫何李羅找工作，或是讓他上一下電視也好，就算是報答他吧！

不止是何李羅，毛小瓜也把他的吸管給了我。五十年後的丁小飛你也不要忘了幫一下毛小瓜。

8月6日

五十年後的丁小飛：

一大早到了集合的草坪，金魚老師就宣布，每一隊到了最後一天都要表演一齣話劇，而話劇的內容是要演出一名偉人的故事。每一隊都會分配到偉人的某一項特質，而我們要根據這項特質想出一位偉人，把他的故事演出來。講完後，小組長把我們帶回小木屋，教我們如何找出我們這組被分配到的特質。大家都很好奇的看著對方，小組長又繼續說，我們要用**尋寶**的方式找出來！

他從口袋拿出一個信封交給今天的小組長錢勇良，錢勇良一打開信封，裡面是一張張圖片。我們把這些圖片攤在桌上，發現好像是一個拼圖。小組長說如果要找到答案，我們要根據每一個提示來尋找下一個提示，直到找到最後的答案。

這時大家都一起伸手想要拼圖，但每個人都手忙腳亂，所以我叫大家先把拼圖的四個角找好。為什麼我會知道呢？因為我以前常常

陪小妹玩拼圖。找好後，再叫大家一起把顏色相同的碎片歸在一起，然後才開始拼。拼出來是一張照片，照片裡是一張床，也就是說下一個提示應該是在某一張床上吧！但小木屋裡每一張床都長得一模一樣啊！我又翻了一下照片，發現後面好像有一些字，但字好小好小，幾乎看不到，我們只好找了一個放大鏡一起看。上面寫著：

我們大家同時間一起看毛小瓜。小組長曾經說他講話好小聲，好像跟螞蟻說話，應該指的是他。我們一起衝到毛小瓜的床上，果然有一張紙呢！紙上是一個迷宮，最右邊還寫著：「**請順著語意連出迷宮的答案。**」

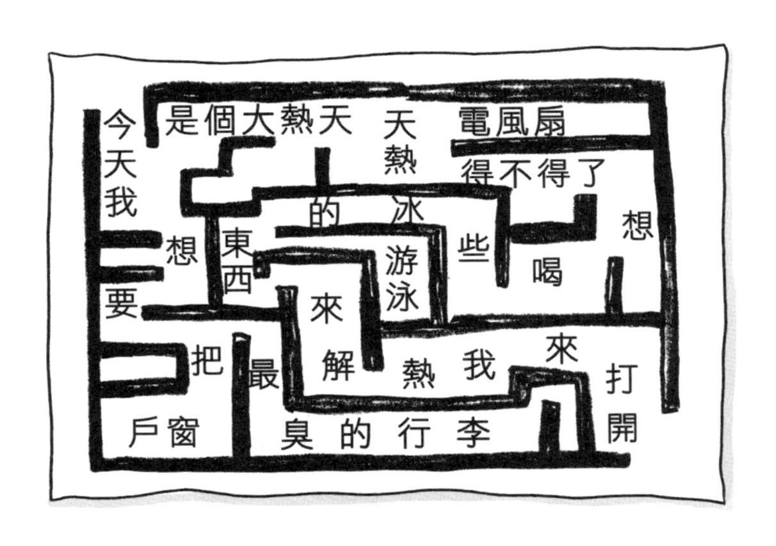

何李羅馬上舉手說，他來負責解這一題，因為他很會走迷宮。他在走迷宮的時候，旁邊的眼鏡俠一直給他意見，說應該走這裡或那裡。我們看到何李羅的兩個眉毛開始有點緊縮，而且額頭還在冒汗。身為未來偉人的我就提醒眼鏡俠說，我們昨天才玩了信任的遊戲，既然何李羅負責走迷宮，就讓他專心的解開吧！我們其他人走到旁邊，這時我看到方粒粒一直走來走去，很著急好像停不下來，然後又在附近的床下和桌下找來找去的。看來他是想看看可不可以先找到什麼新的提示。忽然間何李羅宣布，他解出謎底了！

我們一起唸出他連好的線：

我們一起大叫：「冰箱！」我們大家又一起跑到冰箱前，打開冰箱的門，裡面果然有另一個小紙條，但上面竟然只寫著：

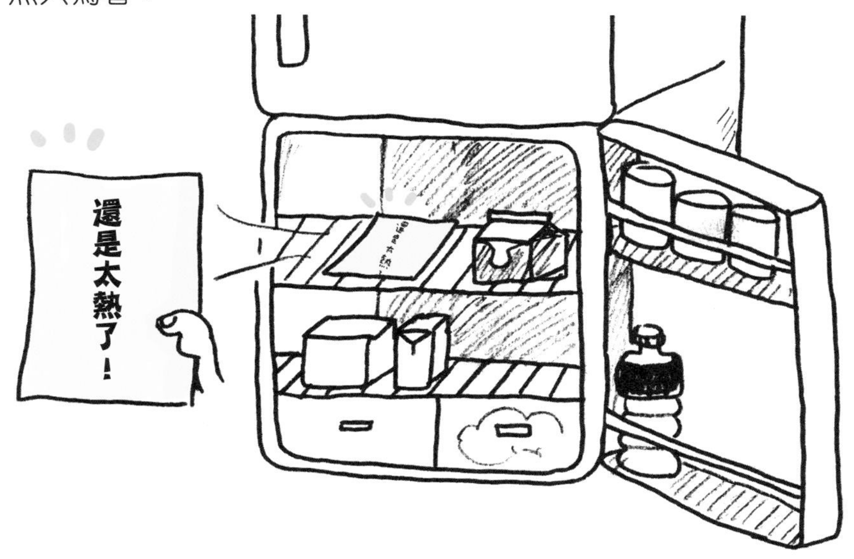

啊，我知道了，我伸手打開上面的冷凍庫，看到裡面也有一張紙。上面的提示是：

「**下一個提示在彩虹裡面。**」

彩虹？大家都愣了一下，一起回頭看窗外。如果真的有彩虹，我們可能還得要跑到彩虹旁邊去找一下。但今天天上完全沒彩虹，只有一個很大很大的太陽，還有幾片雲飄來飄去而已。

我們大家只好一起坐下來討論，紙上指的彩虹到底在哪裡？錢勇良跑到中間來說，我們想想看，彩虹會有什麼特徵？方粒粒說，彩虹在天空上，彩虹在室外，所以可能要到外面去找一找。話還沒說完，他就已經跑到外面去了。

後來何李羅又站出來說，彩虹有很多顏色。大家點點頭，我也往四周看了一下，發現桌上有昨天我們拿來塗蛋的彩色筆盒。我很興奮的跑到桌前，拿起彩色筆盒，打開來後，果然就有一張紙條。五十年後的丁小飛，身為未來偉人的我，果然是比別人聰明的。當我還在得意的時候，眼鏡俠大聲的唸出上面的提示：

「**我溫暖了你，卻換來很臭的味道！**」

剛開始大家以為是垃圾桶，所以我們把所有的垃圾桶都拿了出來，把垃圾全倒在地上一個一個的找，卻沒有找到任何提示。不但沒找到，還弄得我們都臭臭的，真是狼狽。於是我們開始想，除了垃圾，還有哪裡是臭的呢？毛小瓜這時舉手，錢良勇就叫他直接講出來。他說，當然是馬桶啊！我們互看對方，**不是我在說**，我一點都不想在這個時候去搶第一。

但方粒粒好像一點都不介意。他衝到廁所，開始把馬桶上的蓋子打開，頭伸到馬桶裡面找，又趴到廁所地上，但也沒找到任何東西。我們又回到客廳的地上繼續討論了起來，錢勇良就要大家一起想，除了這些，還有哪些東西會臭？還有，他提醒我們別忘了前面的一句話：「我溫暖了你。」這時何李羅說，既然是溫暖，那麼應該是像衣服或鞋子之類的東西。他說完眼睛一亮，我們就一起大叫：「臭襪子！」我們走到放髒衣服的籃子旁，這簡直比垃圾臭太多了！大家都用一隻手捏住鼻子，另一隻手也只用兩根手指頭，一件一件的翻找。

果然，在一隻最臭的襪子裡，我們找到了一張皺皺的紙。我很懷疑小組長在藏的時候，是一隻一隻聞，找到最臭的那一隻才放進提示的嗎？因為它真的非常的臭！

我們翻開紙條，是一張照片。上面只有「**5**」這個數字。

真奇怪，難道我們要找出所有有「5」這個數字的東西嗎？眼鏡俠仔細看了一下照片，說看起來好像是某一個東西的一部分。我們也看看四周，希望可以找到跟這個數字很像的東西。忽然間眼鏡俠注意到掛在牆上的時鐘，於是把照片拿來對了一下。

嗯，沒錯，應該就是了。方粒粒爬到椅子上，把鐘拿下來，後面果然貼了一張紙：

「**請寫出以下四樣物品的英文名稱的第一個字母，並拼出一個單字。**」

雖然前年暑假我曾經去上過英文課，但已經過了這麼久，所有的英文早就已經還給老師了。好在其他人都會一點英文，我只要在旁邊假裝有一起想就好了。我看大家寫到最後只剩下那隻兔子，就知道我表現的機會來了，因為我知道兔子的英文怎麼說。我很大聲的指著兔子說，這叫做「bee-poo」，所以是「b」開頭的！結果大家一直笑。他們說兔子的英文叫做rabbit，所以是「r」開頭才對。我抓了抓頭，這真的都要怪小妹，她幹麼沒事叫一隻兔子bee-poo呢？

原來四個英文字母拼起來是「door」，「門」的意思。

錢勇良把大門打開，門上面的確黏了一張紙，上面寫著：

「好渴啊！希望可以喝一杯可樂。」

我們發現桌子上有一杯倒滿可樂的杯子，裡面還有冰塊。我們拿起杯子，仔細的檢查杯子外面和杯底，卻什麼東西都沒有發現。毛小瓜二話不說，拿起可樂，一口就喝

掉了。他喝完後，我們看到杯子裡的冰塊中，好像塞了一個東西。大家都好興奮。方粒粒把冰塊很用力的丟到地上，冰塊碎了之後拿起裡面的紙條，上面寫著要我們把所有剛剛找到的提示拼湊起來，拿到鏡子前面看。我們照著指示把所有的提示紙都放在桌子上，又開始拼湊。把紙黏起來以後，我們翻到背面，看到上面是這樣：

錢勇良趕緊把它拿到廁所的鏡子前，答案終於出現了！

是「**忍耐**」。

我們要選一個有「忍耐」這種特質的偉人。這時候，小組長回到我們的小木屋裡跟我們說，我們不需要現在就想出來，可以趁著每天要睡覺之前，大家一起討論就好了，我們才鬆了一口氣。**不是我在說**，雖然用找寶藏的方式尋找提示是挺好玩的，但我一直看到方粒粒動來動去、跳來跳去，我看得也很累。我覺得他可能比較適合做一隻袋鼠，他其實應該去參加袋鼠夏令營，比來我們這個未來領袖夏令營更適合些。

這時，小組長要我們把剛剛弄亂的紙屑和臭襪子全部放回原處，但我們一回頭看，已經有人幫我們放好了。就連原本哪一隻臭襪子在哪一隻上面都疊得跟之前一樣！難道我們真的請了管家嗎？原來不是。是毛小瓜，他一個人已經靜靜的憑著他的記憶，把所有的東西都收拾好放回原處了，真是感人。五十年後的丁小飛，看來我已經幫你找到你現在的管家了。

喔，還有，今天大部分的人都把吸管送給了今天當小隊長的錢良勇。看來我要成為最佳小隊長是快沒希望了。有多沒希望呢？就跟媽的那盆枯掉的盆栽一樣沒希望。

8月7日

五十年後的丁小飛：

不是我在說，方粒粒每天睡覺都翻來翻去，真是讓我很難睡啊！昨天半夜我實在受不了了，我爬到他的床上想把他搖醒，想不到他一直說夢話：

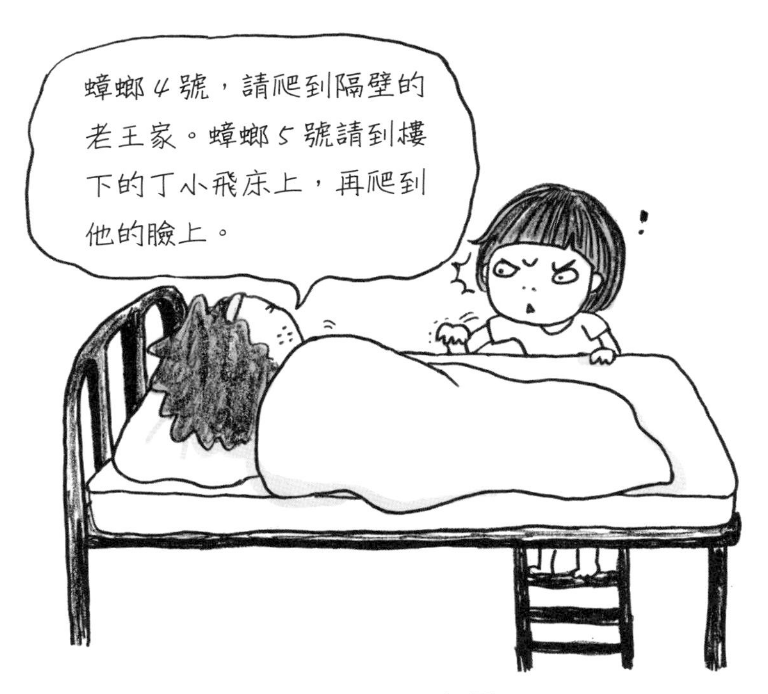

我想算了，以後還是忍一下好了。

早上小組長帶我們到草原上和大家集合。我一到草原就看到我們班上的班長程友莘，她和其他女生都在女生那一邊一起集合。去年我和她一起創造的「**地球日**」被學校採用，成為獻給五十年後人類的禮物。學校舉行了一個園遊會，讓全校同學和爸媽們一起為學校募款，還在園遊會上教導大家如何做環保。雖然程友莘沒有親口跟我說，但是我用腳指甲想也知道她一定很**崇拜**我。要是她看到我可以十分鐘內就把電玩「忍者刺蝟」破關，又被這個夏令營選為最佳小組長，她一定會更加崇拜我。我和何李羅跟她打了招呼，她笑著問我們這一組有沒有想好要演什麼話劇？她們抽到的特質是「勇敢」，她們已經想好要演出花木蘭的故事，還跟我們說了劇情。真是奇怪，代父從軍為什麼算是偉人呢？那應該是不誠實的行為吧？

金魚老師宣布了今天的活動，我們要玩的遊戲是游泳接力賽。我一聽到要游泳，臉就發綠了。想到我必須要憋住氣才不會喝到別人在游泳池裡偷尿的尿，真是辛苦。大家一換好泳衣，金魚老師就警告大家，絕對不可以在游泳池裡面偷尿尿，因為他們有方法知道是誰在偷尿尿。我旁邊的眼鏡俠立刻跟我們說，他聽說這游泳池放了一種藥水，只要一有人尿尿，那個人的附近就會有黃色的東西出現在水面上。我聽了就放心許多，這種偷偷在游泳池尿尿的人，實在是應該要抓出來才對。

金魚老師哨子一吹，大家就開始拚命的游。我負責倒數第二棒，所以在游泳池旁跟著隊友們一起大喊「加油！」

等到該我上場的時候，我馬上跳到水裡，拚命的游。因為知道應該不會有人在水裡尿尿，所以我很大膽的換氣。快游到終點時，我的耳朵卻聽到了「哇」的一聲。我到了終點停下來，發現我的周圍怎麼有一點黃色的東西飄來飄去？其他的人也一直往我這裡看——啊，原來我忘了把我的蛋拿給小組長，所以蛋破在我的泳褲裡了！

我一直想跟大家解釋，但現在已經是最後一棒，根本沒有人想聽我的解釋。這時我看到方粒粒不停的游在前面，我們竟然還拿下了第一名。雖然大家都在歡呼，但這下誤會可大了。他們一定以為我在游泳池裡尿尿。我一直很想跟大家說明甚至很想跑到金魚老師旁邊用他的麥克風宣布：

可是大家都在大聲的歡呼，根本沒有人想聽我說話。就連何李羅都勸我忍耐一下，因為現在講也沒有人會聽。眼看方粒粒拿著我們這一隊的獎牌，大家一直在恭喜他。我又不是主角了，不但不是主角，而且還要背上偷在游泳池尿尿的罪名，真是倒楣。

晚上睡覺之前，小組長要我們決定要不要把今天發的吸管送給今天的小隊長毛小瓜。我看沒有一個人要給他，我就把我的吸管放在他手上。說老實話，我也不知道什麼叫做好的隊長，我只是想他如果沒拿到吸管一定會大哭，所以為了大家晚上的睡眠，我看我還是拿給他好了。

8月8日

五十年後的丁小飛：

今天一大早，小組長就催我們大家到草原集合。我一到草原，發現爸媽帶著小妹，笑著站在草原上等我。原來今天是八月八日父親節，夏令營邀請所有的父母來看我們，也順便舉辦「**爸爸節活動**」。我看了一下四周，**不是我在說**，我一看就知道誰是誰的父母。

我們大家一起坐在草原上吃早餐，我才發現阿達沒有來。阿達後來決定參加一個綠色樹林夏令營，因為他很喜歡爬蟲類動物。據說這個夏令營是專門帶學生到大自然，用照相的方式介紹各種爬蟲類。媽說阿達打算用這個當作他的暑假作業，不過我想以阿達對待小便的方式，他到了森林裡，應該所有的蟲都會決定搬家。

我們吃完三明治後，金魚老師說既然今天家長都來了，我們也要跟父母一起玩遊戲。我跟爸媽說，我這幾天有點不太高興，他們還以為我跟別的隊友吵架了。我跟他們說我剛開始以為所謂的玩遊戲是可以住在豪華的別墅裡，每一個人都有一臺電玩，平常還有管家和傭人來伺候我們。

結果完全不是這麼一回事！爸媽笑著說，我應該感到很高興，因為從團體活動才能學到更多團隊的精神。接下來我們就開始今天的爸爸節活動。首先是我們要和爸爸一人伸出一隻手，一起將一條繩子綁成一個蝴蝶結。哪一隊先綁完五個蝴蝶結，就可以拿到今天的獎品。

其實方法就跟前幾天玩信任的遊戲一樣，所以我跟爸說，我們當中只要有一個人用說話來指導，看誰先把繩子往哪裡繞，就會比較容易。當我和爸把五個蝴蝶結都綁好的時候，大部分的人也都已經綁好了，只剩下一隊。他們兩個人的手都動不了，因為兩個人的手都被綁起來了！

大家都一直在笑，金魚老師只好請人幫他們解開繩子。接下來是第二項活動，而且是我萬萬沒想到的遊戲——那就是要跟爸一起玩電玩跳舞機！我真的覺得其實這個活動是為了所有的女生而舉辦的，應該去跳的是媽和小妹。但媽卻一直堅持要我和爸兩個上臺表演，我也只好硬著頭皮跟爸一起排隊準備上臺。上臺前，我一直很擔心一件事——爸真的沒有跳舞的細胞。我記得我二年級的時候，學校舉辦了親子健康舞，媽就幫我和爸報名，說我們父子應該要有共同的活動。但到了那一天，我非常慎重的考慮搬去跟鴕鳥一起住：

我看著現在在臺上的錢良勇，他和他爸爸兩個人的動作都非常一致，好像非常熟悉這個舞蹈。他們跳了好久，破了好幾關以後，金魚老師拿著麥克風訪問他們。他爸爸說他們兩個人晚上固定有親子時間一起玩遊戲機，所以對這個遊戲非常熟悉。

還沒輪到我們上臺，我已經滿頭大汗，我還用餐巾紙來蒙住我的臉，希望不要有人認出是我。其實我更希望此時此刻跳舞的電玩突然壞掉，但很不幸的，金魚老師已經唸了我的名字。看來就算蒙住臉，大家還是會知道我是誰。

臺上的電視螢幕慢慢的顯示出「三、二、一」，我們就開始跟著電玩裡的舞步跳。五十年後的丁小飛，你一定不敢相信我們還跳不到一分鐘，爸就踩錯腳出局了。我們下臺後，媽笑著安慰我說，每個人的優點都不一樣，所以也沒關係，只要盡力就好了。說真的，我其實還覺得好險呢！想想如果我們在臺上待更久，我還真不能保證爸會出現什麼奇怪的舞姿！

可是當我看到臺上的錢良勇拿著獎杯，又突然沮喪起來。雖然我們這一隊會因為錢勇良得了獎杯而被加分，但主角又是錢勇良，而不是身為世界未來偉人的我。看來明天開始我得好好加油，不然這個未來領袖夏令營就真的白來了！

8月9日

五十年後的丁小飛：

今天早上我一起床就全身痠痛。

我不用想就知道，一定是昨天跟爸上臺玩電玩跳舞機的結果。但不識相的何李羅卻馬上說：

五十年後的丁小飛，請你忘掉我之前提醒你要給何李羅一個特寫鏡頭。

小組長說，我們今天要做的活動很多，而且從現在開始，我們要進行一個發掘自我的活動。也就是說，我們要藉著遊戲來發現自己在團體生活的角色是什麼。首先，我們要到草原，跟其他組的人一起玩幾個遊戲。我們跟著小組長走，半路上竟然碰到了班長程友莘呢！

她說她們每天晚上都在練習話劇，但因為每一組只有六個人，而她們的劇情需要七個角色，所以不知道該怎麼辦。身為未來偉人的我當然得要幫這個忙，所以我趕緊跟她說我非常樂意幫她們演出這齣戲。她聽了非常的高興，馬上問我今天晚上可不可以到她們的小木屋一起排演？我當然說沒問題！

不是我在說，我們抽到的題目「忍耐」真是太難了。有這個特質的偉人真的不多，我最多也只有想到灰姑娘，因為她忍了她的繼母和姊姊很久，真是慘。但我提出來之後，大家都說既然我想要當主角，就由我來演灰姑娘。

我聽了以後又開始反對演這齣戲了。

我們走到草原，看到草原上有好多一圈一圈的繩子，但離我們愈遠的，圈子就愈小。

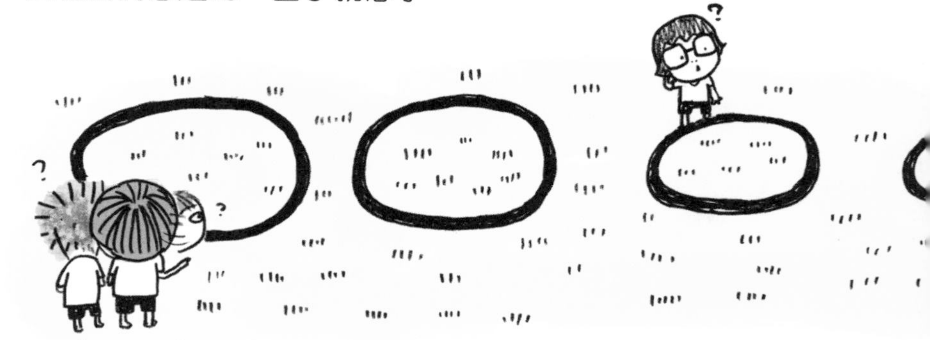

金魚老師開始跟我們講解今天的遊戲。他要我們這隊的每一個人都走進第一個大圈子裡，我們就照著做。等到大家都進了圈子，金魚老師要我們走到下一個小一點的圈子，但因為圈子比較小，所以變得很擠。

到了第三個更小的圈子，我們已經無法全部站在裡面。這時我才知道，這個遊戲的玩法是要想辦法讓愈多的人進入圈子裡。錢勇良要我們一起討論該如何讓大家都站進去，何李羅說現在只能看誰要來背哪一個人，才有可能全部都擠進去。我們當中毛小瓜最矮小，方粒粒粒最壯，所以就決定由方粒粒來背毛小瓜。其他的隊伍也差不多是用同一個方法。接下來我們到了下一個更小的圈圈，這一次錢勇良就自願背起何李羅。

最後一個圈圈，也是最小的一個。我們看了一下，最多只能有兩個人站在圈圈裡！何李羅靈機一動，建議方粒粒和錢勇良站在中間，其他的人都往他們的身上爬。**不是我在說**，我們實在太重了，我看到方粒粒和錢勇良兩個人的臉紅通通的，身體也在發抖，真的有點慘。

我覺得他們實在太可憐了，但眼鏡俠卻一直勸大家忍一忍。終於，我忍不住從錢勇良的背上跳下來提議，大家乾脆輪流吧！反正規定是要我們待在圈內一分鐘，也不可以踩到繩子，但並沒有說不可以動。我頓時看到方粒粒和錢良勇的表情，彷彿是我救了他們一命，眼睛好像變成那種程友莘最愛看的漫畫女主角的眼睛，裡面有星星、月亮和太陽。

其他的隊伍看到我們的方法也跟著學，雖然眼鏡俠一直念說他們不應該學我們，但身為未來偉人的我，又是以後拯救地球的英雄，我想出來的偉大辦法如果能夠讓大家都不要這麼累，那也是我的任務啊！這種偉大的事情，眼鏡俠是不會了解的。最後金魚老師宣布比賽的結果，每一個隊伍都過關了！

接下來，我們看到草原上的另一邊有好多的呼拉圈，我還以為是要看誰可以搖最久。如果真的是這樣，那我應該叫媽來參加。她為了要減肥，有時候連講電話都可以一直搖呼拉圈，還可以邊講電話邊搖三十分鐘都不會掉，甚至還會換成用手搖。她來的話我們這一隊絕對是贏定了。

結果原來我們並不是要搖呼拉圈，而是要跟其他三組的人一起比賽。草原的中間有一個呼拉圈，裡面一共有二十一顆網球，旁邊則有四個呼拉圈，這四個呼拉圈屬於每一個隊伍。遊戲的規則是，哪一隊把最多網球裝入自己隊裡的呼拉圈，哪一隊就贏了。

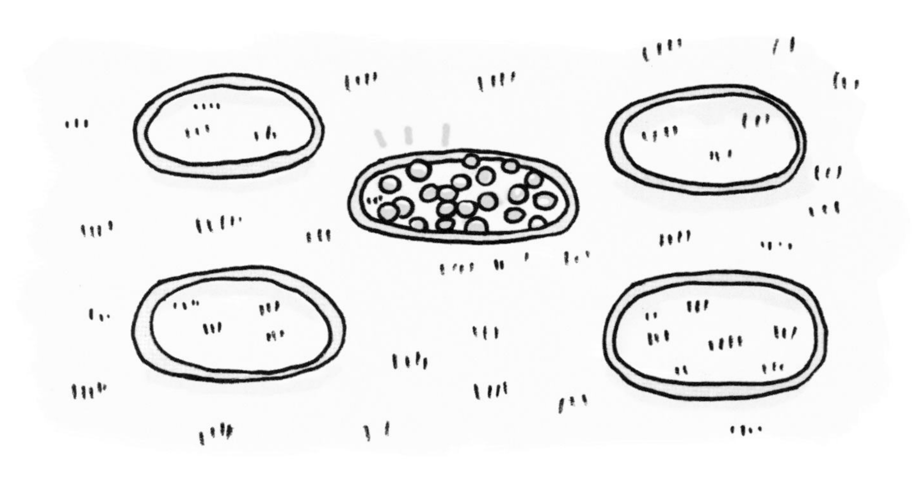

至於如何拿到球呢？我們可以用任何的方法。我們可以談判，可以猜拳，可以辯論，但不可以打架，也不可以有不禮貌的行為。規則講完之後，每一隊的人就開始討論起來。錢勇良首先站到我們中間，跟我們分析現在的狀況。他說既然球有二十一顆，每一隊平均可以拿到五顆球。但剩下一顆球就是我們必須要爭取的，才能獲得勝利。大家點點頭，他接著問我們有什麼想法？何李羅說：「各位各位，我們可以舉辦一場競賽來挑戰其他的隊伍。」他看著方粒粒說，我們可以建議其他隊伍比賽短跑，或者是跳高，贏的人就可以拿到多的球。既然我們有方粒粒，應該很有機會獲勝。大家點點頭都覺得不錯。但是眼鏡俠立刻舉手說：「請看一下旁邊這一隊，他們有一個長得特別高大的男生，比我們高了將近兩個頭！如果比賽體育項目，我們不一定會贏。」

我們看到隔壁的那一個男生，果然很高大。錢良勇說何李羅的提議很好，我們可以繼續照這個方向想，甚至可以先派一個人去跟其他隊伍談一談，搞不好可以討論出一個大家都同意的方法。我們一致贊成，而且同時一起看著眼鏡俠。錢勇良說眼鏡俠好像很會說服人，派他去應該最適合。

我們遠遠的看著眼鏡俠，一個隊一個隊的去交流。回來以後，他很有自信的跟我們報告，說其他隊伍的想法也差不多，就用競賽的方式最好。但每個隊伍的優勢都不同，所以結論就是：每一隊都想出一個項目來比賽，哪一隊贏得最多項目，那多出來的一顆球就屬於哪一隊。我們這一隊決定要玩「記憶好好玩」。我們想應該不會有人的記性比毛小瓜還要好，所以全數通過。這個遊戲的玩法，是其他隊伍出題唸出一連串不相關的東西，而玩的隊伍必須記起來重複唸一遍，但不可以寫下來。

說真的，我現在只記得前面兩個是球鞋和蚊子，其他的我早就不打算去記了。但我看到毛小瓜的臉非常認真，應該是在努力記吧！其他隊伍唸完題目後，毛小瓜也照著唸，而且還唸得很快。

球鞋，蚊子，耳機，電風扇，
媽媽的耳環，黑板，憤怒鳥，
網球拍，小籠包，字典。

真是太厲害了！大家都在拍手，毛小瓜也很不好意思的走回隊伍。我們這一隊也出了題，讓其他隊伍來記。不過通常大家到了第六項就不記得了。

這一局我們當然大勝，但接下來就表現得不怎麼樣了。比賽腕力的時候，方粒粒輸給了另一隊那個很高大的男生。

接下來的英文比賽，何李羅表現得很好。原本我們跟另一隊是平手，可是輪到我時，我又出了糗。

最後一項比賽是要每一隊玩比手畫腳。**不是我在說**，我們這隊隊員實在太沒有默契了；其他的隊伍最起碼都有猜對十題，我們卻只有三題。

因為每一隊的強項都不同，所以搞了半天，大家都有一次的勝利——也就是說，變成大家平手。這可怎麼辦？

所有的隊伍都自己集合討論該如何分配多的那一顆球，有些人說乾脆用猜拳，也有人說要抽籤。錢勇良說雖然猜拳或抽籤最簡單，但卻不是用自己的能力獲得，所以他並不想答應。但如果我們大家都覺得這是一個好方法，那他也會支持我們。

這時，我突然想到一個方法。其實如果可以做到**讓大家都勝利，沒有人輸**，說不定大家都會答應！我把我的想法說給同隊的人聽，也把我想到的辦法說出來，大家都很驚訝。眼鏡俠說，其他的隊伍不一定會同意，畢竟這是一個比賽，大家一定都想擊敗別人來贏得勝利。我跟大家說，我們得想個辦法說服大家，與其讓自己的隊伍有機會輸，還不如讓大家都確定自己一定是贏的！

大家沉思了幾秒鐘後，錢勇良說他決定採取我的建議，派眼鏡俠去跟其他隊伍討論。何李羅說他也覺得這個提議很好，毛小瓜也拍拍我的肩膀，說這個方法比大家一直比賽好太多了。

眼鏡俠回來後很高興的跟我們宣布：

於是所有的人用了我提出的方法：把全部的呼拉圈一個一個疊在中間的呼拉圈上面。也就是說，現在我們這四隊，每一隊都有二十一顆球。

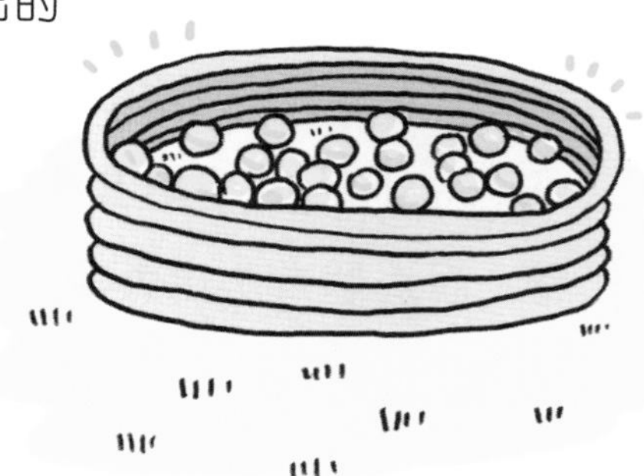

跟其他也在比賽的隊伍比起來，我們還贏了他們許多呢！

我們的小組長看到遊戲結果，也很高興的稱讚我們。他說如果以後我們都可以想辦法用**雙贏**的方式面對所有的競爭，世界就會更加和平。五十年後的丁小飛，看來我又離統治宇宙更加接近了！

8月10日

五十年後的丁小飛：

不知道你今天跟外星人開會開得怎麼樣了？有沒有叫他們要好好的管理別的星球，不要再來打擾地球呢？

五十年前的我今天也在開會，只不過跟我開會的人都是地球人。錢勇良還是像我們的領隊一樣，帶領大家一起討論。雖然我知道如果要贏過錢勇良成為最佳小隊長，我必須要擺出領袖的樣子，但沒辦法，我相信我的感覺跟你現在開會的感覺應該是差不多的，就是都**聽不懂**。

我只記得大家看到名單上面的活動總積分，就開始緊張了起來，因為我們的分數跟某一些隊伍很接近。錢勇良一看到名單，就要我們大家一起開個會討論一下。他提醒我們要好好看住剩下來的蛋，因為看來其他隊伍的蛋幾乎都破掉了，只剩下我們這一隊和另一隊都還有四個蛋。我完全忘了蛋這件事。說真的，我還挺開心我的蛋早就已經破掉了，不然我得像其他人一樣，玩遊戲的時候都得很小心，真是太辛苦了！

昨天晚上我到程友莘她們那一隊的小木屋，跟她們一起排演「花木蘭」。我本來以為他們會要我演皇帝或是將軍，可是想不到她們竟然要我演**一隻馬**！算了，看在程友莘的份上，我只好犧牲一下。好在我的眼睛有蓋著馬的眼罩，最起碼不會被認出來。

明天是夏令營的最後一天，也是話劇的公演了，我們這一隊到現在都還沒想出來到底要演什麼。我們已經說好今天晚上回到小木屋後，要好好的一起腦力激盪和排演，反正最差的情況就是演灰姑娘，只不過最好是演一個戴眼罩的灰姑娘，這樣就不會有人知道是我了。

今天的團體遊戲很特別，叫做「奪旗」。我們要跟另一隊比賽，看誰能奪到另外一方的旗子。首先，我們要先到森林裡找到一棵樹，當作我們的基地，然後把旗子掛在樹上面。對方的隊伍也是一樣。至於如何搶到對方的旗子，就要看我們的布局。當我們去搶對方旗子時，對方的人可以拍我們的背，然後說「抓到」，被拍到的人就要被關進監牢。如果自己隊裡的人被抓，我們可以派人去救他，只要再碰一次被抓的人，然後大聲說「救」，這個人就可以從牢裡出來回到自己的隊伍。

我們一起走到森林，找了一棵長得很高很怪的樹，把我們的旗子掛在樹枝上。這棵樹的中間還有一個很細很窄的縫隙，錢勇良說太好了，這樣我們可以把抓到的犯人放在樹的後面，還可以從這個縫隙看住他們。我們從基地遠遠的聽到森林的另一頭也有講話聲，看來對方也在掛旗子吧！在遊戲開始之前，何李羅建議我們可以分成兩組，一組負責攻擊和搶旗子，另一組留下來保護旗子和看管犯人，我們都覺得這個方法很好。我馬上舉手自願留下來當看守的人。拜託，我可不糊塗，跑到對方的基地這麼辛苦的事情，是不適合我的。除了我以外，毛小瓜也被分到看守。錢勇良說兩個人看守就足夠，所以其他的人都被分到攻擊組。我看著錢勇良站在前面，口沫橫飛的跟攻擊組的人討論作戰方式，我就用手肘碰碰毛小瓜說：

遊戲一開始，大家都沒什麼動靜，只看到對方有一兩個人走過來。他們大概選擇了調虎離山之計想調開一些我

們的人，好來搶旗子；但好在我們沒有被騙，而且方粒粒還很順利的碰到其中一個人的背，很大聲的說：

我們就把他放進牢裡，也就是樹後面畫好的框框裡。

後來一直有對方的人想要來搭救他，但都被我們的防守給制止住。當然，我們的方粒粒也有被他們抓到。有一陣子甚至有兩個人都被他們抓走，後來是被錢勇良和眼鏡俠用聲東擊西之計，全把他們都救了出來。這個遊戲就一直這樣，有時候一下子有多到四個人被關到我們樹後的監牢中，有時候我們的人就會突然都不見，只剩下我和毛小瓜戰戰兢兢的守著旗子和監牢。

到了將近黃昏的時候，突然間森林裡都變得好安靜，我們後面的監牢也只剩下一個人。我們三個人都很納悶，大家跑到哪裡去了？毛小瓜自願到對方的樹前去探個究竟，但他跑走後，就只剩下我和後面的犯人。突然後面的犯人跟我說，他找到一顆我們隊伍的蛋。

我往樹的縫隙裡看，發現他真的拿了一顆蛋，而且是顆畫得很醜的蛋。一定是方粒粒在跑到對方的樹之前，把蛋放到草坪上，滾到後面去了。我從縫隙中間伸手去拿，才發現原來縫隙這麼小，我的手還得先直立著才進得去。犯人把蛋拿給我後，我又發現了一件事——縫隙太小了，所以我拿了蛋以後，我的手回不來了！

如果手要收回來，蛋就會被擠破，我只好請拿蛋給我的犯人再幫我拿回去。我正要叫他的時候，卻發現他不見了！我一回頭，看到對方已經有人來把他救走了。不但如此，他們還正在爬樹，想把我們的旗子拿走。我只好拚命的大叫，希望有人能夠趕快過來救我，但都沒有人回答。我一直在想，是否應該把蛋放掉，救回我們的旗子？但後來想想，旗子如果被偷走，還有機會可以再搶回來；可是蛋如果破了，就完全救不回來。所以我只好繼續拿著蛋，眼睜睜的看著他們拿走旗子。

也不知道過了多久，我的手還是卡在縫隙中。天色也愈來愈暗，我的手已經開始在發抖，但為了不讓蛋掉下

來，我只好一直忍著。終於，我聽到有人來了！我們隊伍的人看到我的姿勢，都覺得很奇怪，後來他們才知道發生了什麼事。何李羅把蛋從樹的另一頭拿走，我才發現大家滿頭都是汗，錢勇良肩膀上還扛著一根對方的旗子，看來我們也拿到他們的旗了。大家一直很興奮的跟我說發生了哪些事情，方粒粒甚至還演給我看。

不知不覺，我們抬頭一看，天已經暗了。不但暗，連月亮都出現在半空中。我們開始往回去的路走，邊走邊聊。走了好久卻一直沒有看到我們集合的地方，我們好像

迷路了。我在四處晃了一下，到處都是高大的樹，根本沒有一點光，連一點聲音都聽不到；一片安靜中，隱約還會聽到狗或狼的叫聲。毛小瓜開始全身發抖，躲到我後面。

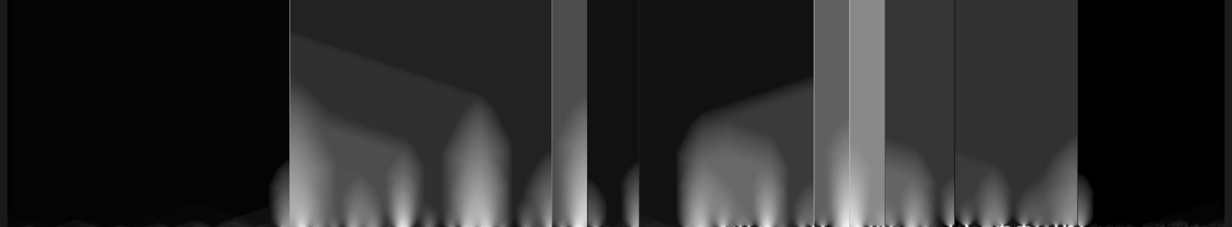

這時錢勇良開口說話了，他認為我們應該分頭找路。但何李羅回答說，如果到時候大家都迷路就更麻煩，不如大家還是一起走；就算真的找不到，最起碼我們可以一起想辦法。大家點點頭，又往前走了好久，還是沒看到任何東西。天氣愈來愈冷，大家走得有點累了。眼鏡俠說他看到前面有一座小山洞，不如我們先躲到裡面休息一下，一起想辦法。大家都同意了。進到山洞，就讓我想到之前和媽、小妹還有奶奶在山洞躲雨的經驗，所以我很自然的叫大家靠近一點，好互相取暖。這時我的耳朵一直聽到「喀喀喀」的聲音，我一轉頭才發現，原來是毛小瓜的牙齒在發抖。錢勇良只好把剛剛拿到的旗子當成外套，蓋在他身上。

等了好久好久以後……有多久呢？就好像上次下大雨躲在山洞裡那麼久。我看到方粒粒和錢勇良一直在抓癢，八成是因為洞裡有好多蟲；何李羅則和毛小瓜一起發抖並合蓋那條旗子；眼鏡俠一直在唸，說什麼時候才會有人來找我們。我突然想到媽講的話：

身為未來偉人的我決定跳出來宣布：

其他人也都同意，我們就開始討論了起來。其實當我們開始討論以後，大家也就不再抱怨，也變得沒那麼冷，小蟲好像也就不再來咬我們了。大家你一句我一句的，終於決定採用我提議的故事，我們也開始分配角色。因為我們不知道什麼時候會回到小木屋，也沒有紙和筆做紀錄，只好請毛小瓜記好所有的臺詞，到時候他在後臺唸，前面演的人張開嘴對嘴就好了。

我們排演了很久，等到大家差不多都記得自己的動作和位置時，毛小瓜突然大叫，並把一樣東西從口袋裡拿出來：

我們差點就昏倒了。毛小瓜趕緊打了電話給小組長，沒多久就有一群大人帶著手電筒來找我們。小組長很緊張的說，大家一直在找我們，甚至還叫了警察一起找。大家都以為我們還在森林裡，沒想到我們已經走到另一邊的山頭了。我們根本就不知道我們已經走了這麼遠呢！回小木屋的路上，大家都累壞了。小組長背著已經睡著的毛小瓜，我們都說不出話來。

五十年後的丁小飛，這個夏令營真的太辛苦了！我看還是跟外星人開會比較簡單。我現在真是太羨慕你了！

8月11日

五十年後的丁小飛：

今天是夏令營的最後一天。我看到每一個人的臉上都有一點捨不得，慢慢的走到草原集合。不知道五十年後的你，現在想起這個夏令營有什麼感覺？其實五十年前的我是有點高興的，因為終於要結束了。今天我們要選出最佳小隊長，也就是說我很可能又離偉人更近一步，但也有可能會被錢勇良搶走。如果需要經過這麼多辛苦的團體遊戲和話劇比賽來學習偉人的特質，那我真的建議世界上所有的夏令營，應該選擇另一個遊戲來讓大家學習，就是舉辦**電玩比賽**！

不是我在說，我真的覺得玩電動遊戲比較容易學到東西。

昨晚回到小木屋後，幾乎每一個人都沒洗澡刷牙就跑到自己的床上睡著了。雖然我也很累，但我真的沒有辦法不刷牙洗澡就睡覺。這就要怪爸了。很小的時候，他曾經跟我說過，晚上我們睡覺的時候會有一個**巫婆**出現，專門來檢查不洗澡刷牙的小朋友。如果她發現有小朋友沒洗澡刷牙就睡覺，就會把他的牙齒都拔光，叫小蟲子跑到他身上吸掉灰塵。

自從聽到有巫婆會來做這麼可怕的事，我每天都一定會洗澡刷牙才上床睡覺。可是後來我看到阿達有時候也沒洗澡刷牙，卻也平安無事。直到有一天，我跟他一起走路到學校，途中他回頭跟我和我的同學說了一句話：

我跟我的同學聞到他嘴巴裡的味道，被臭到一整天頭都很痛。回家以後我跟爸講這件事，他說是因為阿達常常不刷牙，所以晚上巫婆已經把她家裡所有的**蒜頭**都塞到阿達的嘴巴裡了。還說我們一定要小心，一定要刷牙，不然就會跟他一樣。

　　我現在也很想寫封信給這一位巫婆，請她把蒜頭全部塞到錢勇良的嘴巴裡，因為他昨天也沒刷牙。這樣一來，大家都不會選他為最佳小隊長了！

我們坐在草原上，開始欣賞今天的話劇表演。第一組抽到的偉人特質是「堅持」，他們演的是發明電燈泡的愛迪生。愛迪生發明燈泡前，一共實驗了一千零一次才成功，所以他們選他做為「堅持」的偉人代表。第二組演的是代表愛心的南丁格爾，她是在歐洲戰爭時，照顧受傷士兵的護士。第三組就是程友莘這組演的花木蘭。我也已經換好我的馬裝和戴上眼罩，原本想說一定不會有人認出來，但很不幸的，我跑到一半眼罩竟然就掉下來了。

我只好趕緊用手把眼罩貼在眼睛上，就這樣一直演到底。

又演過好幾齣話劇以後，該我們這一組上場了。我們演的是昨天我在山洞裡建議的「諾亞方舟」，演諾亞的是錢勇良。不要問我為什麼主角不是我，我只不過是建議可以加上一段恐龍沒上到船的片段，結果他們就叫我演恐龍，連當主角的機會都沒有。所以有時候真的不要隨便亂給意見。

我們不需要做什麼事，只要張開嘴巴對上毛小瓜在後臺唸的臺詞就可以了。

我們把故事的重點放在諾亞在方舟裡忍耐了一年多，他學習到如何在這段時間裡管理船上的上萬隻動物；因為上岸後，他就要管理陸地上的一切。演到最後一幕，我們特地加了一段由我來講述我們昨天躲在山洞裡的情形，就好像諾亞在船上一樣，我們利用等待的時間來排演這一段話劇。講完後，大家在臺下一直不停的拍手，我終於感覺到自己是**主角**了呢！

看來，我擊敗錢勇良成為**最佳小隊長**的希望又升高了！等到其他幾隊演完後，金魚老師請每一隊回到小木

屋，準備投票選出自己隊裡的最佳小隊長以及團體分享。

不是我在說，我對於「分享」這件事有點害怕，最主要是因為每一次媽要我們做分享的時候，都是我和阿達在玩電動的時候。

回到小木屋，小組長要每一個人拿出一張紙，寫出我們覺得這幾天表現得最好的小隊長。其實錢勇良已經拿到最多吸管，但我們還是需要站到前面口頭告訴大家，為什麼我們會認為他是最佳小隊長。另外，每個人也要寫出其他隊員有什麼特點，而這些特點對這個隊伍有哪些特殊的貢獻。大家很快的把最佳小隊長選出來了。我不用聽也知道一定是錢勇良，這真的要怪那位有很多蒜頭的巫婆：她昨天沒有把蒜頭都塞到錢勇良的嘴裡，我的計謀也就沒成功。果然，學校的七龍珠老師常說永遠不要靠別人來贏得勝利，絕對是正確的。

首先，每個人都站出來講每一個隊員的特徵和優點。第一個發表的是眼鏡俠，他說如果我們是一個國家，錢勇良就是領導者；何李羅是有很多知識的顧問；而方粒粒則是勇敢的勇士；至於毛小瓜的記憶非常好，要不是他，我們的話劇大概也無法演出。最後丁小飛像是一個和平使者，常常會用最和平的方式解決紛爭。

接下來是方粒粒。他也認為錢勇良是一位傑出的領導者；眼鏡俠是一個很好的談判家；而丁小飛常常會想出最好的方式，讓雙方都贏得勝利。

每一個到前面講的人，都選了**錢勇良**做為最佳小隊長。大家都說他是領導者；有人說他很勇敢，也很聰明；更有人說他每一次都很主動的帶領大家。我原本還指望何李羅會選我做最佳小隊長，好歹我們也算是同班同學，加上我們又常常有互相交流的機會。

但何李羅卻也選了錢勇良！算了，五十年後的丁小飛，看來你現在要好好的重新思考你和他之間的友誼。

錢勇良很開心的走到大家面前，謝謝大家對他的信任。接著他也把他心目中的小隊長唸出來：

大家都看著我。

頓時我覺得很不好意思，也很驚訝。這時小隊長走出來跟大家說，其實每一個人都有一項很獨特的**優點**，如果整個團隊可以把每一個人的優點都應用在比賽當中，就是一個完美的團隊了。這時我突然想到爺爺之前跟我說的：

原來爺爺的意思就是這樣！因為他把他最厲害的地方都表現在樂隊裡，所以他一點都不介意他是不是主角。

小組長又說，我們如果把何李羅換到方粒粒的位子，或硬要毛小瓜用眼鏡俠的方式在團隊裡表現，我們不一定會有現在的好成績。只要我們每一個人都能夠在團隊裡發揮到自己的專長，對團隊有貢獻，每個人都可以是領袖。

大家都很開心的把行李收拾好，一起回到草原，等金魚老師宣布話劇比賽的結果。我們到了草原，金魚老師宣布前三名的隊伍：第三名是演愛迪生的團隊，第二名則是程友莘那一隊的花木蘭，第一名……你猜是哪一隊呢？是的，就是我們演的**諾亞方舟**呢！我們大家一起到臺前領獎，錢勇良特地握著我的手跟大家說，這齣戲其實是我的想法，臺下的人也一起為我們鼓掌。

五十年後的丁小飛，我相信你現在這麼出名又這麼成功，一定是一位很有成就的偉人。雖然你常常都是這個世界的主角，但偶爾當一下**配角**也是可以的。你現在一定覺得很奇怪，為什麼我現在突然不介意沒有當上最佳小隊長，也不介意沒有在這個未來領袖營奪得勝利，甚至現在已經不是很介意有沒有當上世界的領袖？

因為……我現在可以非常超級無敵確定，確定到不能再更確定，五十年後的你一定不是世界的領袖，而是：

全宇宙的領袖！！！！

我的圖畫日記！

丁小飛參加了夏令營以後，從團體遊戲開始慢慢的發現其他隊員的特點和專長。我們在日常生活中也一定都能看到別人的特點和專長。試著跟丁小飛一樣，把這些特別的人畫出來吧！

步驟一：

請先寫出三個你最好的朋友的名字，也可以是你的家人喔！

例如：

丁小飛

- 很有夢想，永遠對未來有信心
- 喜歡和平相處
- 喜歡寫日記

何李羅

- 成績好
- 聰明
- 熱心助人，會把功課借別人抄

現在該你了。請寫出你的三位朋友或家人：

名字：

三項特點或專長

1.

2.

3.

名字：

三項特點或專長

1.

2.

3.

名字：

三項特點或專長

1.

2.

3.

現在寫下你自己的名字和特點：

名字：

三項特點或專長

1.

2.

3.

現在試著用漫畫的方式呈現你的朋友或家人。可以利用你寫下來的三項特點把他們畫出來。

例如：

丁小飛：喜歡寫日記

何李羅：聰明

你的朋友1

你的朋友2

你的朋友3

自己

畫完後，可以跟好朋友交換看看，自己畫自己的特點跟好朋友畫你的特點有什麼不一樣？你有沒有發現自己有什麼特點，是自己以前沒注意到的？把它寫下來。

1.

2.

3.

4.

讓我們一起善用我們的特點，在團體裡發揮我們的特色。同時，也要鼓勵其他朋友發揮他們的專長，才能讓團體的表現更加出色喔！

丁小飛偉人日記 2

誰是最佳小隊長？

國家圖書館出版品預行編目(CIP)資料

丁小飛偉人日記. 2, 誰是最佳小隊長？/
郭瀞婷文；水腦圖. -- 第一版. -- 臺北市
: 天下雜誌, 2013.07
160 面；14.8*21 公分
ISBN 978-986-241-739-3(平裝)
859.6　102011996

文	郭瀞婷
圖	水腦
主編	張淑瓊
責任編輯	許嘉諾
美術設計	林家蓁
發行人	殷允芃
親子天下總編輯	何琦瑜
法律顧問	台英國際商務法律事務所．羅明通律師
出版者	天下雜誌股份有限公司
地址	台北市 104 南京東路二段 139 號 11 樓
讀者服務	（02）2662-0332
傳真	（02）2662-6048
劃撥帳號	0189500-1 天下雜誌股份有限公司
天下雜誌 GROUP 網址	http://www.cw.com.tw
印刷製版	中原造像股份有限公司
裝訂廠	聿成裝釘股份有限公司
總經銷	大和圖書有限公司　電話／（02）8990-2588
出版日期	2013 年 7 月第一版第一次印行
定價	250 元
書號	BCKC0016P
ISBN	978-986-241-739-3